I Georgia, Isabel a Victoria
~ JS

I Jane – shwmai bartner!
~ TW

Cyhoeddwyd gyntaf yn 2004 gan Little Tiger Press,
argraffnod o Magi Publications, 1 The Coda Centre,
189 Munster Rd., Llundain SW6 6AW
dan y teitl *Bless You, Santa!*

ISBN 1 84323 517 X

Argraffwyd yng Ngwlad Belg

Bendith, Siôn Corn!

Julie Sykes

Tim Warnes

addasiad Elin Meek

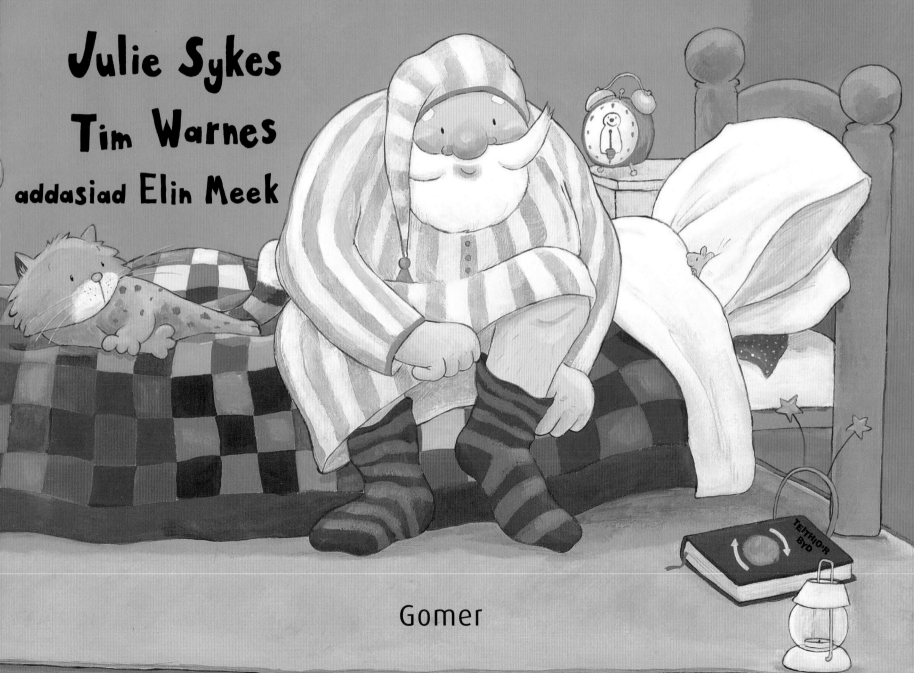

Gomer

Roedd hi bron yn Nadolig ac roedd
Siôn Corn wedi codi'n fore iawn.

'Pwy sy'n dŵad dros y bryn,' canodd yn
llawen. 'Brecwast gyntaf, a wedyn bant â fi
i weithio.'

Rhoddodd ddŵr yn y tegell a thafell o fara yn
y tostiwr. Ond wrth iddo arllwys grawnfwyd
i'w bowlen, daeth goglais i drwyn Siôn Corn.

'*Yyy, yyy, YYY* …

RHAGFYR
23

tishwww!'

rhuodd. Chwythodd
y grawnfwyd dros y lle
i gyd.

'Bendith, Siôn Corn,' meddai cath Siôn Corn, gan ysgwyd grawnfwyd oddi ar ei chynffon. 'Mae annwyd cas arnat ti.'

'O'r annwyl, na!' meddai Siôn Corn yn bryderus. 'Dim annwyd! Mae hi bron yn Nadolig. Does dim amser gyda fi i gael annwyd!'

Ar ôl brecwast rhuthrodd Siôn Corn i'w weithdy i orffen rhai o'r teganau. Canodd yn llawen wrth beintio robot. Ond roedd tisian Siôn Corn yn mynd yn uwch ac yn uwch.

'*Yyy, yyy, YYY* . . .

tishww!'

'Bendith, Siôn Corn,' gwichiodd llygoden fach Siôn Corn, gan gasglu'r mwclis oedd wedi tasgu dros bob man

'Bendith, Siôn Corn,' meddai cath Siôn Corn, gan gasglu'r sêr papur oedd yn hofran o gwmpas. 'Rwyt ti'n swnio'n ofnadwy. Cer mewn i eistedd wrth y tân.'

'Dwi'n teimlo'n ofnadwy!' snwffiodd Siôn Corn. 'Ond alla i ddim gorffwyso eto. Mae hi bron yn Nadolig, a rhaid i mi orffen y teganau hyn neu fydd dim anrhegion i'r holl . . . *Yyy, yyy, YYY* . . .

tishww!'

Tisiodd Siôn Corn mor galed nes iddo lithro a glanio mewn pentwr o beli. I lawr â'r peli, gan fownsio oddi ar Siôn Corn a thasgu o gwmpas yr ystafell. Clatsh! I mewn i'r ceir. Plop! I'r potiau paent. Tap! Yn erbyn y tedis tew. Rwc-a-rac! Yn erbyn y rocedi.

'Tishww!'

'Edrychwch ar y llanast 'ma!' llefodd
Siôn Corn. 'Ddo i byth i ben â gwneud
popeth at y Nadolig nawr!'

'Cer i'r gwely, Siôn Corn,' gorchmynnodd llygoden fach Siôn Corn. 'Dwyt ti ddim yn teimlo'n dda. Mae dy drwyn di mor goch, fe allet ti ei roi ar y sled i oleuo'r ffordd i'r ceirw! Fe gliriwn ni'r llanast 'ma a chael popeth yn barod at y Nadolig.'

Felly dyma llygoden Siôn Corn yn mynd
â Siôn Corn 'nôl i'r gwely gyda llond mŵg o
laeth poeth a rhywbeth bach at yr annwyd.
Cwtshodd Siôn Corn o dan ei gwilt.
Buodd e'n tisian . . .
'tishww!'

Buodd e'n snwffian . . .

Ac o'r diwedd dyma
fe'n dechrau chwyrnu.

sssh!

CH CH CH CH CH CH CH CH CH CH CH CH CH C

Yn y cyfamser, 'nôl yn y gweithdy,
gweithiodd ffrindiau Siôn Corn
mor gyflym ag y gallen nhw.
Buon nhw'n glanhau . . .
Buon nhw'n trwsio . . .
Buon nhw'n gludo . . .

Buon nhw'n torri, yn glynu ac yn lapio.
Gweithion nhw'n gynt a chynt nes bod pob
anrheg yn barod. Yna, gan deimlo'n gysglyd
iawn, aeth pawb adref i'r gwely.

Y noson ganlynol, wrth i'r haul fachlud, roedd y sled yn llawn dop o deganau.

'Ond ble mae Siôn Corn?' gofynnodd cath Siôn Corn. 'Gobeithio ei fod e'n well!'

'Pwy sy'n mynd i yrru'r sled a rhannu'r anrhegion i gyd?' gofynnodd y ceirw.

'Ust!' meddai ci Siôn Corn. 'Glywch chi rywbeth?'

Clustfeiniodd yr anifeiliaid.

'Siôn Corn yw e!' gwichiodd llygoden fach Siôn Corn. 'Wyt ti'n well, Siôn Corn? Fyddi di'n gallu rhannu'r anrhegion?'

Crychodd Siôn Corn ei drwyn. *Yyy, yyy, YYY . . .*

'Ha ha haaa!' chwarddodd Siôn Corn yn uchel.

'Dim ond tynnu coes! Dwi'n teimlo'n llawer gwell.
Diolch, bawb. Ry'ch chi wedi bod wrthi'n brysur!
Diolch i chi i gyd, fe alla i rannu'r anrhegion hyn
i gyd erbyn bore'r Nadolig.'

Dringodd Siôn Corn ar ei sled. 'Geirw bach,
bant â CHI!' bloeddiodd.

Cafodd Siôn Corn noson brysur
wrth iddo hedfan o gwmpas y byd
yn rhannu anrhegion.

O'r diwedd, pan laniodd Siôn Corn 'nôl ym Mhegwn y Gogledd, roedd yr haul yn codi. Ond doedd e ddim wedi gorffen eto.

'I chi mae'r anrhegion hyn,' meddai Siôn Corn.

'Anrhegion i ni!' gwichiodd cath Siôn Corn.

'D . . . DIO . . . YYY . . .

t i s h w w w !'

A dyma gath Siôn Corn yn tisian mor galed nes bod
pentwr o eira'n disgyn oddi ar y coed ac yn claddu pawb.
'Bendith!' chwarddodd Siôn Corn. 'A Nadolig
Llawen i chi hefyd!'